A Cristina L. F.,
porque ha cuidado y ayudado a que muchas personas sean felices.

José Carlos Andrés

A todas las madres y padres que hemos ido aprendiendo sobre la marcha.

José Fragoso

¡Ten cuidado, Bruno!
Colección Somos8

© texto: José Carlos Andrés, 2022
© ilustraciones: José Fragoso, 2022
© edición: NubeOcho, 2022
www.nubeocho.com · info@nubeocho.com

Primera edición: Abril, 2022
ISBN: 978-84-18133-43-5
Depósito Legal: M-5377-2022

Impreso en Portugal.

¡Ten Cuidado, Bruno!

josé Carlos Andrés   josé fragoso

nubeOCHO

Como todas las mañanas, Papá y Mamá despertaron
con mucho cuidado a Bruno.

Lo bañaron, lo peinaron y lo vistieron.

Tomaron un desayuno a base de vitamina C, calcio y cereales, vamos, que desayunaron zumo de naranja, un vaso de leche y cereales.

—¡Ten cuidado, Bruno! —le dijeron cuando se manchó con el zumo.

Mamá consultó la temperatura sacando una oreja por la ventana. Aunque no hacía frío, Papá decidió ponerle a Bruno dos bufandas, tres gorros y cuatro guantes. Mamá se colgó un paraguas del bolso.

—¡Ten cuidado, Bruno! —se asustaron cuando se bajó las bufandas para poder ver.

Cuando salieron a la calle, Papá y Mamá tuvieron mucho cuidado al cruzar. ¿Podría una bicicleta, una cometa o un abuelito atropellar a su hijo?

—¡Ten cuidado, Bruno!

Por fin llegaron al parque.

—¡Mamá, tengo calor!

Bruno iba tan tapado que ni Papá ni Mamá le entendieron.

—¿Qué dices? ¿Que estás cansado? —le preguntó Papá.

—Nos sentaremos un rato a descansar —propuso Mamá.

Papá limpió y fregó el banco. Mamá puso tres cojines para
que Bruno descansase un rato.

Pero cuando Mamá y Papá
se dieron la vuelta, Bruno no estaba allí.

—¿Bruno?

—¡¿BRUNO, BRUNO, BRUNO?!

¡¿BRUNO, BRUNO, BRUNO?!

Por fin encontraron a Bruno.

¡Estaba en lo alto de un tobogán! ¡Y se había quitado
los cuatro guantes, los tres gorros y las dos bufandas!

—¡Ten cuidado, Bruno!

Corrieron a su lado y Mamá le puso un casco y unas coderas. Papá unas rodilleras y un cinturón de seguridad y después fregó el tobogán (y Mamá colocó un colchón).

—Ya puedes tirarte, pero ¡ten cuidado, Bruno!

Bruno no se movió. Estaba más quieto que una estatua de pegamento seco.

—¿Por qué no bajas? ¿Estás enfermo? ¿Miramos si tienes fiebre? —preguntó Papá.

Bruno se puso amarillo como un limón. Luego verde como
una lechuga. Después rojo como un tomate y al final morado como...
como el color morado.

—Con el cinturón de seguridad ¡no me puedo tirar!
Esto es un tobogán, ¿no te das cuenta, Papá?

Papá y Mamá se rascaron la cabeza.

—¡Ya lo tengo! —Mamá tuvo una idea—. ¿Y si te ponemos un flotador gigante?

—¡Mamá, papá, yo quiero jugar
como los demás niños!

Mamá y papá le quitaron a Bruno el flotador.

Cuando vieron cuánto se divertía jugando, entendieron
que se habían pasado un poco protegiendo a Bruno.

A partir de aquel día, cuando salen a la calle, algunas veces pasan un poco de frío o un poco de calor. Algunas veces se mojan. Pero no pasa nada.

Al parque llevan cuentos y juguetes y se sientan en el césped o en la arena.

Si Bruno se raspa una pierna bajando por el tobogán
y se pone a llorar, Papá le da un beso y dice:

—No pasa nada.

Ahora, Bruno juega como el resto de niñas y niños.
Y es más feliz.

Lo que Bruno no sabe es que Mamá sigue llevando en el bolso una tirita y dos bufandas, y Papá en la mochila tres gorros y cuatro guantes.

Y no pasa nada.